U0137975

鱼服记

[日] 猫助 绘　　[日] 太宰治 著　　温雪亮 译

初次刊载：海豹 一九三三年三月号

太宰治

明治四十二年（一九〇九年）出生于日本青森县。小说家。一九三五年，作品逆行入选第一届芥川奖候选作品。翌年，第一部作品集晚年出版，后凭借斜阳等作品成为流行作家。三十九岁时于玉川上水投水自尽，留下著名作品人间失格。

绘·猫助（ねこ助）

插图画家，出生于日本鸟取县。为书籍的装帧、游戏、CD封面设计插图。著作有红蜻蜓（新美南吉+猫助）、Soirée猫助作品集等。

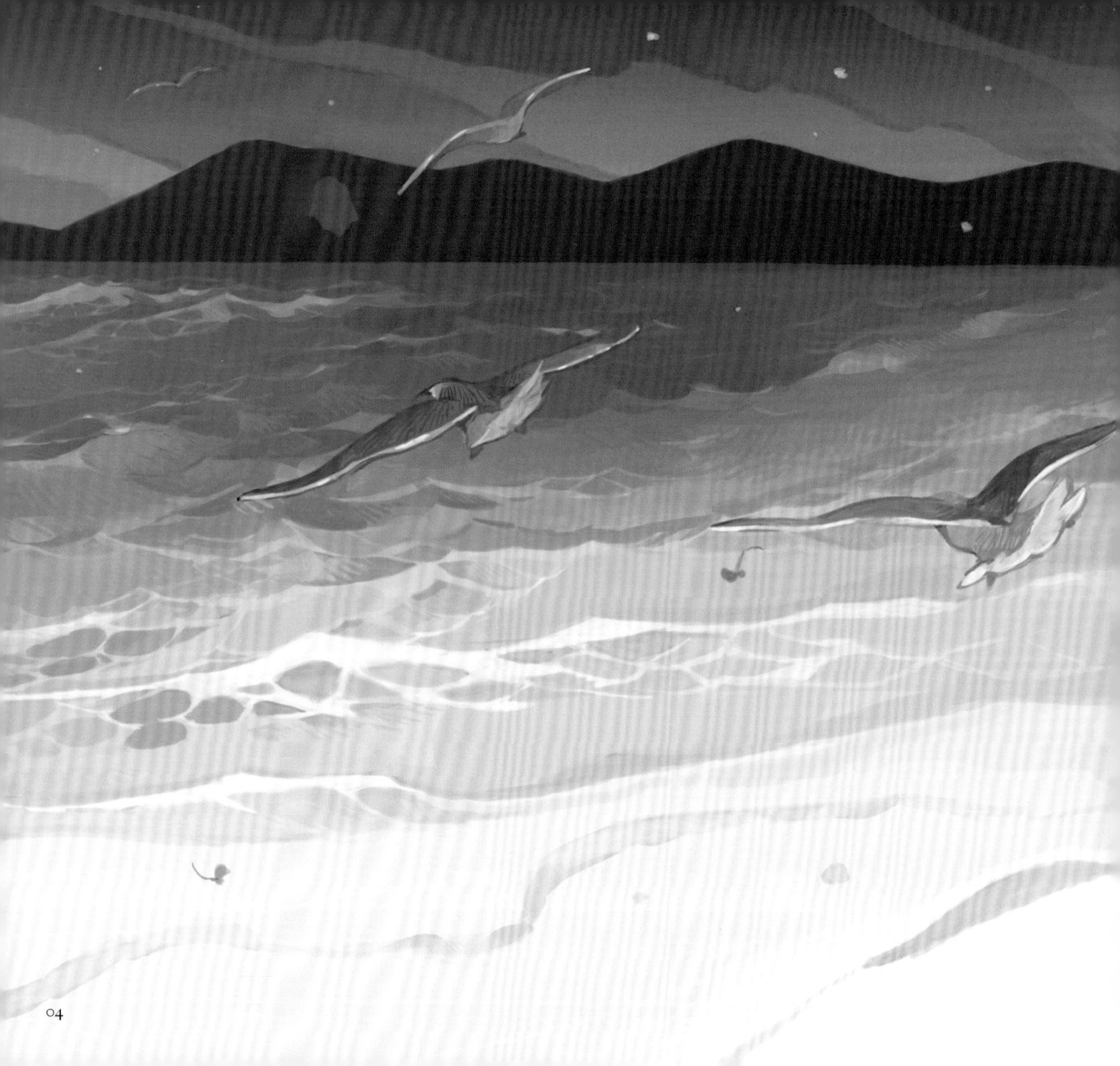

一

本州北部有一处山脉，名曰梵珠山脉[1]。虽被称之为山脉，其实不过是一处不过三四百米，有些起伏的丘陵罢了，以至于一般的地图都不会记录这里。据说在很久以前，这一带曾是一片汪洋大海，源义经[2]曾带着家臣们向北方逃亡，当他们乘船前往遥远的虾夷之地[3]时，就曾路过此地。那时，他们乘坐的船与此地的山脉发生了碰撞，碰撞的痕迹至今依然清晰可见，具体位置就在山脉中央一座小山半山腰的红土崖上。

那座小山叫作马秃山。据说自山脚的村落向上远望，其样子就犹如一匹奔驰的骏马。可实际上，山的样子更像是垂垂老矣之人的面孔。

1　梵珠山脉：因文殊菩萨信仰而得名，横跨日本青森市与五所川原市，海拔468米。

2　源义经（1159年—1189年），小名牛若丸。为日本平安时代末期，出身于河内源氏的武士，是日本著名将领。因被日本人所爱戴，在很多故事、戏剧中均有记载。源义经同战国末期的真田信繁、建武中兴时代的楠木正成，被并称为日本史中三大“末代”悲剧英雄。

3　虾夷之地是古代日本朝廷对日本东北方地区的蔑称。

由于马秃山山背景色宜人，于是此地的知名度一跃而起。山脚处的村庄仅住着二三十户人家，是个贫寒的村子。村子尽头流淌着一条河川，逆流而上约两里，就可到达马秃山山背。那儿有一道高约十丈、飞流直下的瀑布。夏末秋来，红叶满山，住在附近的村民便会前来游玩。

今年夏季快要结束的时候，有人死在了这道瀑布附近。那人并非跳崖自杀，而是一场意外。那人来自东京，长相白净，为了采集植物而来到此地。这一带生长着很多珍贵的羊齿属植物[1]，隔三岔五就有采集者前来造访。

瀑布三面都是高耸的峭壁，唯有西侧有一道略显狭长的开口。溪水冲破岩石，流淌而出，峭壁长期被瀑布的水花浸湿，上面到处都生长着羊齿属植物。在瀑布的轰鸣声中，这些植物不停地颤抖着。

学生爬上峭壁时已过正午，可初秋的阳光仍残留在峭壁顶部。就在学生爬至峭壁中段时，脚下一块儿人头大小的石头骤然崩塌。旋即，学生也如那块剥落的石头一般从悬崖上摔了下来。中途虽挂在了峭壁上的一棵老树的树枝上，但树枝还是折断了。伴随着可怕的惨叫声，学生落入深潭。

1 即蕨类植物。

瀑布附近恰巧有四五个人目睹了这一切。而看得最清楚的，是潭边茶棚里一个十五岁的女孩子。

学生先是沉入瀑布下的深潭中，随后上半身被迅速冲上水面。他双眼紧闭，微微张着嘴，蓝色的衬衫残破不堪，用来采集植物的背包还挂在他的肩上。

之后，他再次被拉入了水底。

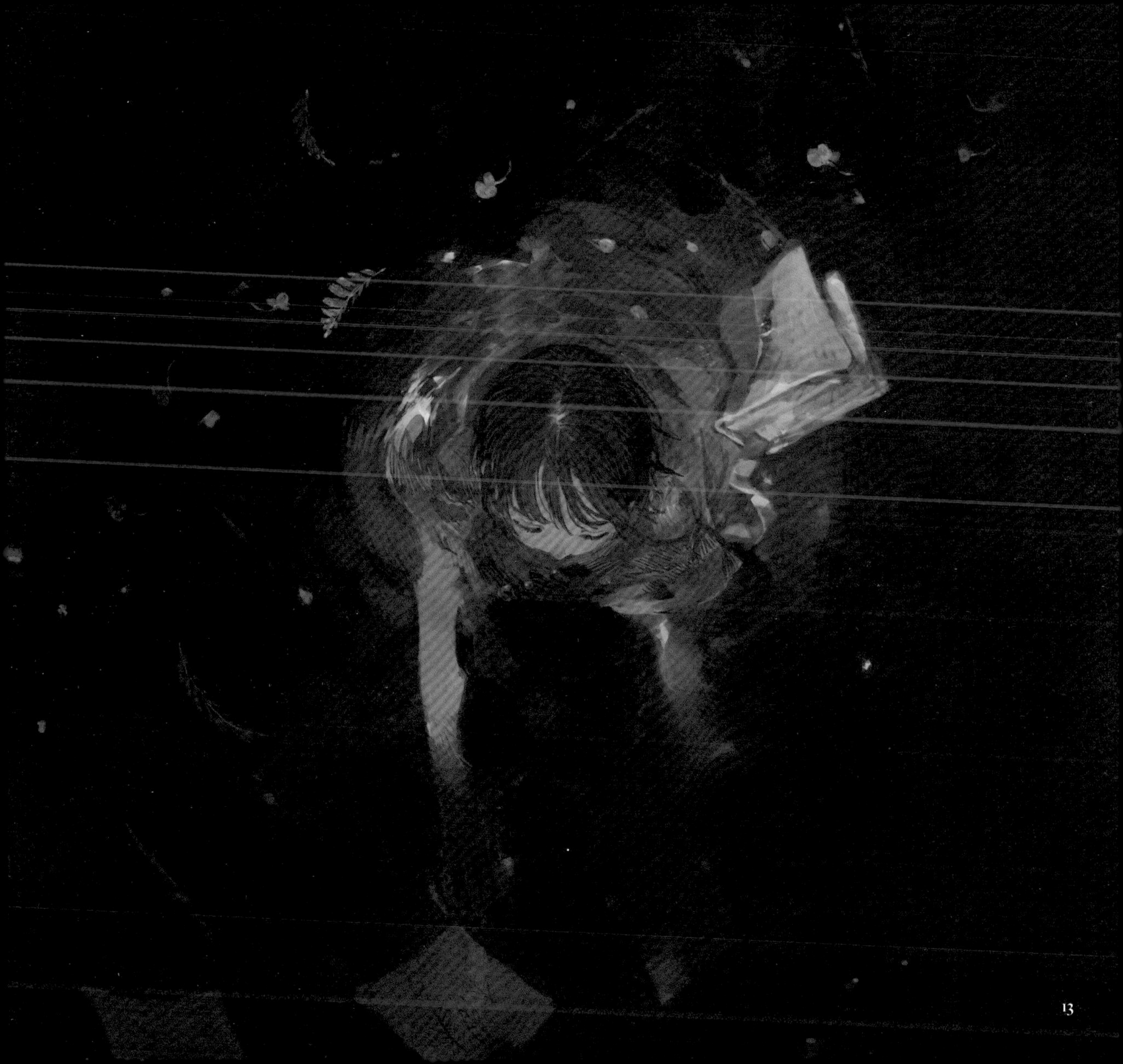

二

立春至立秋期间，天气好的时候，马秃山便会升起几缕白烟，即便在很远的地方也能看到。这个时节山上树木的精气最盛，很适合做成木炭，所以烧炭工人们这时会十分忙碌。

马秃山上有十几间制炭小屋，瀑布旁也有一间。后者被建造在远离其他小屋的地方，因为它的主人并不是本地人，茶棚里的那个女孩子就是这户人家的女儿，名字叫思华。她与父亲两个人常年住在那间小屋里。

在思华十三岁那年，她父亲用圆木和苇帘子在瀑布旁搭建了一间小茶棚，摆卖着波子汽水[1]、盐煎饼、麦芽糖以及两三种粗点心。

---

1 又称为弹珠汽水。日本极受欢迎的碳酸饮料。因以玻璃珠封住瓶口以及瓶颈两侧内凹的包装方式著名。

每当夏日将至，陆陆续续有人前往山上游玩的时候，父亲每天早上便会把货品装进篮子带到茶棚。思华则光着脚，啪嗒啪嗒地跟在父亲身后。到达茶棚后，父亲会立即返回小屋，只留思华一人看店。只要看到游山之人的身影，思华便会大喊："过来歇歇脚吧。"这是父亲教她的。可惜的是，思华那悦耳的声音总被巨大的瀑布声掩盖，大多数情况下，那些游客压根儿不会回头望一眼。一天过去，卖的货品连五十钱都没有。

黄昏时分，全身黑黝黝的父亲会从小屋过来迎接思华。

“卖了多少？”

“什么都没卖出去。”

“也是，也是。”

父亲一边若无其事地嘟囔着，一边抬头望向瀑布。随后，二人又将店里的货品再度放进篮子，回到小屋。

这种日子一直持续到霜降。

将思华一个人留在店里并不令人担心。她是山里长大的野孩子，所以自然不必担心她会踩空岩石或者被瀑布卷走。天气好的时候，思华会光着身子游到瀑布附近。见到客人模样的人，她便会拢起发红的短发，开朗地叫道："过来歇歇脚吧。"

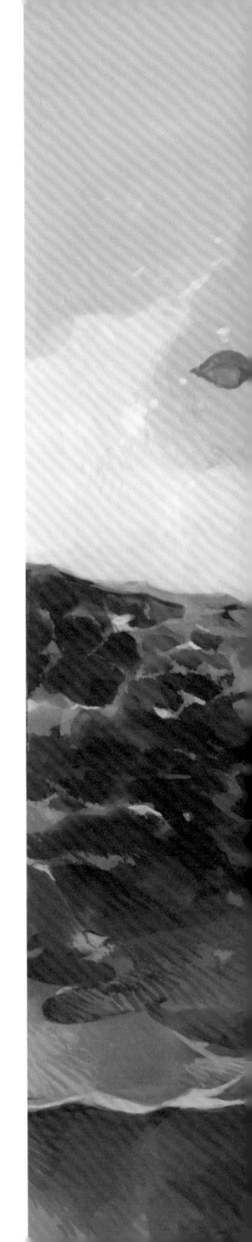

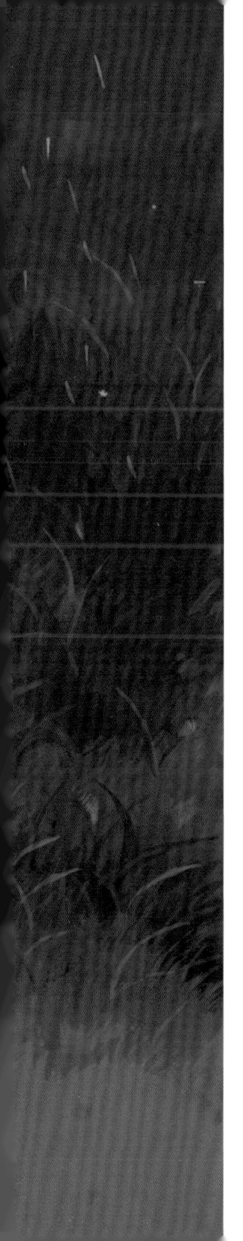

下雨天，她会躺在茶棚的一隅，盖上席子睡午觉。茶棚上方有一棵巨大的橡树，茂密的枝叶能为茶棚遮风挡雨。

思华望着气势磅礴的瀑布，心想：瀑布流了这么多水，迟早有一天会干涸的。她一边如此期待着，一边奇怪为何瀑布的形状总是一成不变呢？

最近一段时间，她一直思考着这件事。

她发现瀑布的形状并非一成不变。不论是飞溅的水花，还是瀑布的宽度，其实都在时刻变化着。终于，她明白了，瀑布并非水，而是云。她观察到水自瀑布顶端倾泻而下后会化作滚滚白烟，所以有了如此推测。在她看来，水不可能变得这般白。

这一天，思华心不在焉地伫立在瀑布旁。天色黯淡朦胧，刺骨的秋风吹打着她通红的脸蛋。

思华回想起了过往。以前，父亲抱着她看守炭窑的时候曾讲过一个故事。有一对名为三郎与八郎的樵夫兄弟。某一天，弟弟八郎在溪谷捕捞了几条山女鳟带回家中，趁哥哥三郎还没有从山上回来，八郎便先烤了其中一条吃了起来。那味道极其鲜美。于是，八郎又吃了第二条、第三条，直到将鱼全部吃光。

吃完后，八郎觉得口干舌燥，他将水井中的水喝光之后，又跑到村子尽头的河边继续喝了起来。而在喝水的时候，他的身体竟然长出了一片片鳞片。待三郎回到家中，八郎已经变成了一条可怕的大蛇，游走于河川之中。“八郎！”三郎呼喊着。河川中的大蛇含泪回答道：“三郎！”哥哥在岸上，弟弟在河中，二人含泪相互喊着“八郎”“三郎”，可依旧无济于事。

听到这个故事的时候，思华很是难过，她含住父亲沾满碳粉的手指，哭了起来。

思华从记忆中回过神来，她狐疑地眨着眼睛。瀑布正在低声说：“八郎、三郎、八郎……”

这时，父亲拨开峭壁上的红色爬山虎走了过来。

“思华，卖了多少？”

思华没有回答，只是用力擦拭着被水花溅湿的、闪闪发亮的鼻尖。父亲则默默地收拾着茶棚。

从茶棚到制炭小屋有三町[1]左右的山路，父女二人边走边用脚拨开挡路的山白竹。

“把茶棚关了吧。”

父亲将篮子换到左手。里面的波子汽水瓶子发出“咔啦咔啦”的声响。

“立秋后就没人进山了。”

日落后，山中的风声便不曾停歇。橡树和冷杉的枯叶时不时如雨雪般飘落在二人身上。

---

1 距离单位。一町约为 109 米。

“爸爸。”

思华在父亲身后喊了一声。

“你为了什么而活？”

父亲耸了耸肩，凝视着思华严肃的脸庞，低声说道：

“不知道。”

思华嚼着芒叶，说道：

“不如去死好了。”

父亲举起手，想要一掌掴下去，却又扭扭捏捏地把手放下了。他看出思华正处于叛逆期，一想到这或许意味着她已经是个大姑娘了，父亲便忍了下来。

“是啊，是啊。”

思华觉得父亲这驴唇不对马嘴的回答过于愚蠢，于是将口中的芒叶“呸呸”地吐掉，咆哮道：

“白痴！白痴！”

三

盂兰盆节一结束，茶棚便关了。随后进入到思华最讨厌的季节。

打这时起，父亲每隔四五天就会背着木炭去村里卖。虽说可以找人代劳，但这样就要付给对方十五钱或者二十钱的费用，所以父亲宁可将思华一个人留在家里，也要前往山脚处的村庄。

天气好的时候，思华会外出采蘑菇。父亲烧制木炭，一袋最多能赚五六钱，这点钱是远远不够生活的，因此父亲便让思华去采蘑菇，然后自己再拿到村里卖。

滑菇这种又黏又滑的小蘑菇可以卖个不错的价钱，这种蘑菇集中生长在羊齿属植物丛生的腐木上。每当思华看到苔藓，便会回想起自己唯一的朋友。思华很喜欢在装满蘑菇的篮子里撒上青苔，然后再带回家。

不论是木炭还是蘑菇，只要能卖个好价钱，父亲回来时就会一身酒气。他偶尔还会给思华买个附着镜子的纸质钱包之类的礼物回来。

有天早上，秋风大作，小屋内挂着的草帘被吹得左摇右摆。父亲黎明时分就进村了。

思华一整天都待在家里。那天，她很难得地自己梳了头。她把头发卷起来，并把父亲买给她的礼物——一根波浪图案的和纸发饰系在发根处，然后烧好柴火等待父亲回家。树木摇曳的嘈杂声中时不时地夹杂着野兽的叫声。

天快黑了，于是思华便独自吃了晚饭。她吃的是拌了味噌的黑米饭。

到了晚上，风停了，但也变冷了。在如此寂静的夜里，山里必定会发生一些不可思议的事。有时能听到天狗[1]伐木的声响，有时门外会传来淘洗红豆的窣窣声[2]，有时甚至能清晰地听到山人[3]的笑声从远处传来。

---

1 天狗是日本传说中的妖怪，有着又高又长的红鼻子与红脸，手持团扇、羽扇或者宝锤，身高可达 2.5 米，身穿“山伏”（日本服饰的一种），背后长着翅膀。天狗通常居住在深山之中，精通剑术，拥有令人难以想象的怪力和神通。

2 这里指一种叫作“小豆洗”的妖怪，又称“小豆淘”，是一种在河川边出现、会发出像淘洗红豆一样“窣窣”声的妖怪。

3 山人即“山男”或“山姥”，是日本民间传说中的妖怪。

思华等父亲等到不耐烦，便盖上草席在火炉边睡着了。迷迷糊糊中，思华发觉有人时不时地在门口偷窥。她怀疑是山人，便佯装已经熟睡。

借助尚未燃烧殆尽的火光，思华隐约见到有白色的东西一闪一闪地飘落到玄关处。是初雪！思华如置身梦境般喜不自禁。

好痛！思华感到全身发麻，异常沉重。紧接着，便闻到了酒臭味儿。

“白痴！”

思华吼了一句。

还没搞清楚情况，她便跑了出去。

是暴风雪！暴风雪扑打着她的脸，思华无意中狼狈地瘫坐在地上。转眼间，她的头发还有衣服都变成了白色。

思华站起身，一边喘着粗气一边向前走去。她的衣服被暴风雪吹得不成样子，但她却没有停下来。

瀑布的声音愈发响亮。思华加快步伐，不停地用手抹去鼻涕。瀑布声自她脚下传来。

“爸爸！”

思华低声喊道，然后便从那咆哮着的冬日枯林的细缝中跳进了深潭。

四

醒来时四周一片昏暗，隐约能够听到瀑布的轰鸣。那声音似乎从头顶传来。身体伴随着声音的余韵摇摇晃晃，全身上下刺骨般冰冷。

她这才明白，原来自己身在水底。她感到异常痛快。

两腿一伸，竟悄无声息地向前游了起来，鼻尖还险些撞到岸边的岩石。

大蛇！

自己变成了大蛇！

“太好了，这样就不用回到那间小屋了。”她自言自语着，奋力摆了摆胡须。

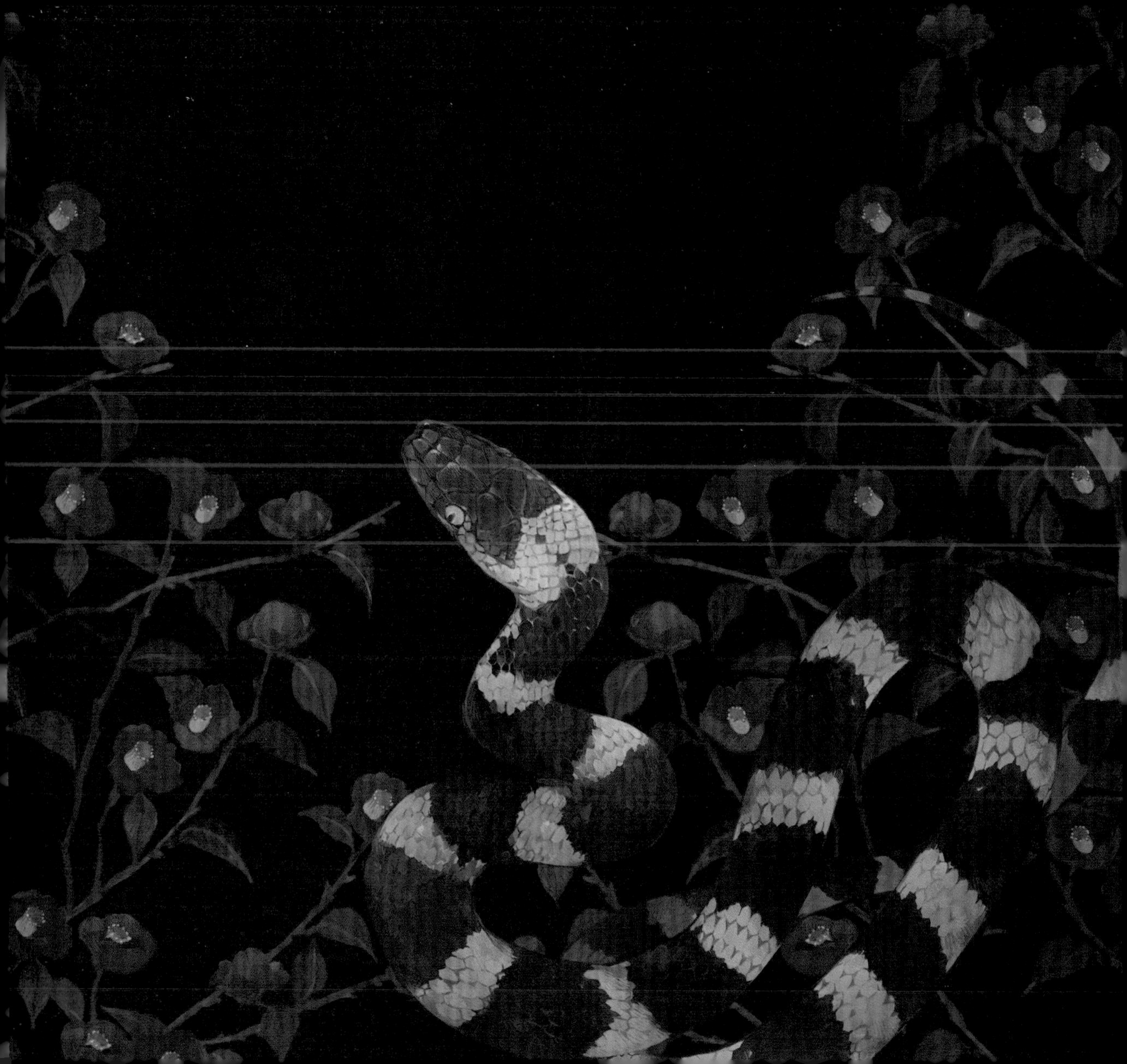

其实，那只是一条小小的鲫鱼。方才不过是张张口，扭了扭鼻子上的小疙瘩罢了。

鲫鱼在瀑布下的深潭里游来游去。刚晃动胸鳍浮上水面，就突然摆动着尾鳍潜入深水。

一会儿追逐着水中的小虾，一会儿藏进岸边的芦苇丛中，一会儿又去吮吸岩石上的青苔。

之后，鲫鱼突然不动了，只是偶尔微微摆动一下胸鳍，似乎在思考着什么一般。就这样持续了一段时间。

不久，鲫鱼扭动着身子，径直朝瀑布游去。转瞬间，便如同树叶一般被吸了进去。

文豪绘本

樱花凋落，每到叶樱时节，我就会想起——

《叶樱与魔笛》

[日] 太宰治 著　　[日] 纱久乐佐和 绘

岛根县的某个小镇上，
住着一对姐妹。
患病的妹妹藏着一个秘密。

我宁肯在还是少女的时候死去。

《女生徒》

[日] 太宰治 著　　[日] 今井绮罗 绘

一位居住在东京的少女，
一天之内的所作所为、所思所想。

“此声，莫不是吾友李徵？”

《山月记》

[日] 中岛敦 著　　[日] 猫助 绘

袁傪在旅途中与旧友李徵再会。
李徵本是一位美少年，
如今却已成异类之身。

GYOFUKUKI by OSAMU DAZAI

Illustrations copyright © 2021 NEKOSUKE
Originally published in Japan by Rittorsha

Simplified Chinese translation rights arranged with Rittor Music,Inc.
through AMANN CO.,LTD.

图书在版编目（CIP）数据

文豪绘本．花之卷．鱼服记 /（日）太宰治著；（日）猫助绘；温雪亮译．-- 北京：台海出版社，2023.7
ISBN 978-7-5168-3587-6

Ⅰ．①文… Ⅱ．①太… ②猫… ③温… Ⅲ．①短篇小说－日本－现代 Ⅳ．①I14

中国国家版本馆 CIP 数据核字(2023)第 115196 号

文豪绘本．花之卷．鱼服记

著　　者：[日]太宰治　　　　译　　者：温雪亮

出 版 人：蔡　旭　　　　封面绘制：[日]猫助
责任编辑：员晓博　　　　封面设计：纽唯迪设计工作室

出版发行：台海出版社
地　　址：北京市东城区景山东街 20 号　　邮政编码：100009
电　　话：010-64041652（发行、邮购）
传　　真：010-84045799（总编室）
网　　址：www.taimeng.org.cn/thcbs/default.htm
E－mail：thcbs@126.com

经　　销：全国各地新华书店
印　　刷：北京盛通印刷股份有限公司
本书如有破损、缺页、装订错误，请与本社联系调换

开　　本：880 毫米 ×1230 毫米　　1/24
字　　数：28 千字　　　　印　　张：2.25
版　　次：2023 年 7 月第 1 版　　印　　次：2023 年 11 月第 1 次印刷
书　　号：ISBN 978-7-5168-3587-6

定　　价：192.00 元（全 4 册）

版权所有　　翻印必究